Sogim Glogar, Letzter Antritt

AF198915

Letzter Antritt

Sogim Glogar

Bibliografische Information der Deutschen Nationalbibliothek Die Deutsche Nationalbibliothek ver-
zeichnet diese Publikation in der Deutschen Natio-
nalbibliografie; detaillierte bibliografische Daten sind
im Internet über http://dnb.d-nb.de abrufbar.

Herstellung und Verlag:

BoD - Books on Demand, Norderstedt

ISBN: 9783750406780

Die meisten Menschen machen sich nur durch übertriebene Forderungen an das Schicksal unzufrieden.

- Wilhelm von Humboldt

Christopher Natzweiler steht mit einem vollgepackten Rucksack und einer Wasserflasche, die er sich vor Ort am Bahnhof gekauft hat, am Bahnsteig des Hauptbahnhofes und starrt auf die Anzeige, welche die geplante Abfahrtszeit und das Endziel jenes Zuges ausweist, in den der Student einsteigen wird.

Eine beachtliche wartende Menge hat sich bereits versammelt und es handelt sich nur mehr um Minuten, bis man aus den Lautsprechern hören wird, dass der sehnsüchtig erwartete Zug einfährt.

Das ist für Christopher ausreichend Zeit, um noch einen Schluck aus seiner Wasserflasche zu nehmen, ehe das Gerangel und der Kampf um die begehrten Sitzplätze im Speisewagen des Zuges beginnt.

Schließlich ist es so weit und die erwartete Bahn fährt ein. Es ist unter der Woche und damit ist der Andrang an Bahnreisenden nicht so groß wie befürchtet. Christopher findet auch sofort einen Sitzplatz, den er nehmen kann, ohne einen Sitznachbar zu haben. Er klappt das Tischchen, dass an der Vorderlehne befestigt ist, herunter. Er hat nun einen Sitzplatz ohne nervige Mitreisende und vier Stunden Zugfahrt vor sich. Diese Zeit möchte der junge Mann unbedingt nutzen.

Der Zug steht noch im Bahnhof und Christopher kramt einige Unterlagen, wie Stifte, Lehrbücher und Notizblöcke, hervor, um diese auf dem Tisch vor ihm zu deponieren. Bahnfahren ist für ihn schon längst Routine und so merkt er auch gar nicht mehr, dass der Zug schon losgerollt ist, als er anfängt, sich seinen Unterlagen zu widmen.

Es dauert nur ein paar Minuten, bis der Zug den Bahnhof und die Großstadt hinter sich gelassen hat. So wie die Häuserschluchten fließend in ein Idyll der Ländlichkeit übergehen, verschwindet zeitgleich die Konzentration von Christopher.

Bei den Unterlagen, die er sich zu Gemüte führt, handelt sich um Skripte, Bücher, Beispielsammlungen und vollgeschmierte Notizblöcke, wo sich bis auf den Verfasser niemand mehr auskennt.

Er mustert gebannt mit seinen Augen die Lehrlektüre, doch nach kurzer Zeit verschwimmen die klein gedruckten Buchstaben für Christopher zu einem nicht mehr zu entziffernden Kauderwelsch. Die Bücher hätten nun genauso gut in Hieroglyphen verfasst sein können. Christopher hat nun keine andere Wahl, als sich von den Lehrunterlagen zu lösen und seinen Blick auf die wunderschöne Natur zu richten, durch die der Zug düst.

Touristen, welche diese Bahn nehmen, um weiterzureisen, sind von der Natur so angetan, dass sie sogar Fotos durch das Zugfenster schießen. Christopher kennt die Landschaft eigentlich schon fast auswendig. Er kann den Blick, der sich auftut, normalerweise auch genießen, doch als er jetzt aus dem Fenster blickt, verspürt er nur mehr Aggression und Angespanntheit, dass er nicht in der Lage ist, sich auf seine Lehrunterlagen zu konzentrieren. Aggression, die sich in seinem tiefsten Inneren breitmacht und für

Verwirrung sorgt, da er gar nicht weiß, an wen er diese adressieren soll.

Ist es die Wut auf die Tatsache, dass er nicht in der Lage ist, in produktiver Manier sich seinen Dingen zu widmen, oder ist es gar nicht dieser Umstand per se, sondern die Gesamtsituation, die eine einzige Abwärtsspirale ist? Der Blick in die Ferne von seinem Sitz im Zug ist alles andere als beruhigend und verschlimmert die Situation für den jungen Mann sogar. So beginnt sich die Wut gegen ihn selbst zu richten und ehe er sich versieht, stürzen ihn seine Gedankengänge – angetrieben von eben jener Wut – in einen Abgrund voller Bedauern.

Es fühlt sich an, als wäre er an seinen Sitzplatz gefesselt. Ohne jede Chance zu entrinnen, suchen ihn Bilder vor seinem geistigen Auge heim. Er versucht dagegen anzukämpfen und versucht sogar weg zu sehen. Doch er kann nicht wegsehen. Schon gar nicht vor Dingen, die nur im eigenen Kopf existieren.

Er hat gar keine Wahl und muss sich diesen Bildern hingeben. Diese Aussetzer sind mittlerweile beinahe Alltag geworden. Ähnlich wie der Schlaf. Er kann wachbleiben und dagegen ankämpfen, aber irgendwann verliert man den Kampf. Garantiert. Und der Film läuft wieder einmal vor seinen Augen ab.

Christopher Natzweiler ist Student und dafür extra in die Großstadt gezogen. Ein ähnliches Studienangebot hätte es freilich auch in seiner kleineren Heimatstadt gegeben, doch diese war einfach zu klein für die großen Hoffnungen des jungen Träumers.

Er hatte auch einen guten Start an der Universität hingelegt und war gut im Rennen gewesen, doch die Zeiten haben sich geändert.

Seine Immatrikulation ist nun schon eine beachtliche Weile her und was seine akademische Laufbahn betrifft, steht er einfach still und leidet sehr darunter. Bei Prüfungen durchzufallen war anfangs undenkbar, doch mittlerweile gehört es zur allgemeinen Erwartung für den Studenten.

Nun ist auch noch der schlimmste Fall eingetreten. Christopher ist bereits mehrmals durch eine Prüfung gerasselt und wenn er ein weiteres Mal scheitern sollte, droht die Exmatrikulation.

Ehrlicherweise ist das noch nicht mal das größte Problem, dem sich Christopher ausgesetzt sieht, denn es wäre nur ein neuer Tiefpunkt in einer Abwärtsspirale, die schon längst nicht mehr aufzuhalten ist.

Die Enttäuschung gegenüber seiner Familie, bei der er schon längst zu einem Gespött verkommen ist, wäre dann komplett. Wahrscheinlich sehnen sie es auch herbei. Sie lieben es, ihn leiden zu sehen. Sie tuscheln und mauscheln hinterrücks. Seine Familie hat ihn längst abgeschrieben und dass macht Christopher sehr zu schaffen.

Er fühlt sich terrorisiert. Mit abnehmendem Erfolg büßte er auch Freiheiten ein. Jeden Tag klingelt das Telefon – mehrmals. Seine Familie überwacht ihn und setzt ihn unter Druck. Auf den Smalltalk wird schon längst verzichtet und so ist man seitens der Familie schon darauf eingestellt, eine Klatsche nach der anderen mitgeteilt zu bekommen.

Voller Angst spielt Christopher das Szenario durch, dass er seiner Familie eines Tages erklären muss, dass er aus dem Studiengang gestrichen wurde.

Diese Schmach ist eine Grenze, die sich der – wahrscheinlich noch – Student definiert hat. Sollte dies eintreten, käme für ihn nur eine adäquate Lösung für dieses Problem in Frage.

Der Zug rattert über eine Brücke. Die Turbulenzen rütteln Christopher aus dem Wachtraum. Doch selbst wenn ihn die Erde wiederhat, gibt es für ihn keine Auszeit von den Gedanken, die ihn verfolgen.

Der Gedanke an die Exmatrikulation ist omnipräsent und nun denkt er seinen kleinen Tagtraum zu Ende.

Sollte er als Student scheitern, gibt es nur eine Handlung für ihn: Suizid.

Kaum überkommt ihn der Gedanke an den Suizid, ist Christopher auch gleich entspannter. Der Universitätsalltag ist ihm schon längst entglitten und die Erwartungen, der Druck und die Kontrolle seitens seiner Familie machen auch sein Privatleben fremdbestimmt.

Nicht einmal in den Schlaf kann er sich flüchten, denn mittlerweile geht er müde ins Bett, träumt schlecht, um dann noch müder aufzuwachen, als er sich hingelegt hatte.

Er ist des Lebens einfach müde und somit ist der Selbstmord das Einzige, was der geplagte Student noch hat, wo er – und nur er – die alleinige Macht hat.

Gäbe es eine Auszeichnung für das schwächste Selbstbewusstsein, wäre Christopher sicherlich dafür nominiert.

Der Zug ist an der Mitte der Brücke angelangt, doch anstatt die Aussicht zu genießen, ist Christopher noch in seinen Suizidgedanken gefangen.

Er hat sich schon einige Orte und Wege, sein Leben zu beenden, überlegt. Dieser Gedanke an den leichten Ausweg ist so dominant, dass er bei der Brücke, über die der Zug rollt, nur im Sinn hat, ob die Höhe ausreichend ist, um tödlich zu sein.

Als er so in den Abgrund, den die Brücke auftut, blickt, holt ihn auch gleich wieder der Abgrund ein, der seiner Gedankenwelt entspricht.

Christopher ist nun entschlossen, dass er sich keinen weiteren Fehltritt erlauben kann, bis aus seinen leeren Drohungen blutiger Ernst wird.

Anstatt sich noch mal voll und ganz auf den letzten Prüfungsantritt vorzubereiten, informiert er sich lieber im Internet über das Thema Suizid und dessen Optionen zur Durchführung.

Doch dann denkt er an die Idee, die ihm gekommen war – so simpel wie genial:

Christopher hatte auf seinem Schreibtisch noch ein paar Formulare liegen, die man zur Anrechnung von Prüfungen, die auf einer anderen Universität absolviert wurden, einreicht, um die Prüfung nicht zweimal absolvieren zu müssen.

So hatte er den Plan gefasst, sich in an der Universität in seiner Heimatstadt im selben Studienfach einzuschreiben. Dadurch könnte er in der Prüfung, in welcher er auf seiner eigentlichen Universität nur mehr den Letztantritt hat, völlig neu zum ersten Mal antreten und bei positiver Absolvierung sich die Prüfung anrechnen lassen.

Dieses Vorhaben setzt er natürlich prompt in die Tat um. Und so kommt es, dass er sich nun im Zug auf dem Weg in seine Heimatstadt befindet.

Drei Stunden wird die Zugfahrt noch dauern und in fünf Stunden ist die schriftliche Klausur angesetzt.

Christopher hat nun endlich wieder einen lichten Moment und versucht seine Notizen, die er in Vorbereitung auf die Prüfung angefertigt hat, durchzugehen.

Doch es ist wie verhext. Mehr als blankes Draufstarren, was manchmal durch selbstzweifelnde Gedanken unterbrochen wird, ist scheinbar nicht möglich. Produktives Lernen sieht anders aus und so kommt es, dass die Zugfahrt endet, ohne dass man von Fortschritten sprechen kann.

Wenn Christopher für gewöhnlich in seiner Heimatstadt ankommt, wird er normalerweise von seinen Eltern abgeholt, da er auch bei ihnen Quartier bezieht, um zu nächtigen.

Dieses Mal allerdings ist er nicht auf Besuch da, sondern aus weitaus wichtigerem Grund. Er möchte sich nicht der gefühlten Vorverurteilung seitens seines Elternhauses hingeben. Deswegen beschließt er, erst nach Hause zu kommen, wenn er seine Pflicht erledigt hat.

So löst er eine Fahrkarte und nimmt ein öffentliches Verkehrsmittel zur Universität.

An der Haltestelle angekommen, marschiert Christopher schnurstracks in Richtung Hauptgebäude. Obwohl er in der Nähe aufgewachsen ist, war noch nie in dem Unigebäude. Der Campus ist zwar recht überschaubar und ein Zeitpolster ist auch noch vorhanden, doch er möchte sich auf gar keinen Fall zu spät im Hörsaal einfinden. Dies musste der Wendepunkt für ihn werden!

Christopher findet den Hörsaal, in welchem die Prüfung abgenommen wird, auch ohne Probleme und beschließt in der Mensa zu Mittag zu essen.

Mit dem näher rückenden Prüfungstermin steigt auch die Nervosität des Studenten. Versagensangst war eigentlich nie ein Thema für ihn gewesen, doch wie sich der Zustand der Zuversicht anfühlt, weiß der junge Mann eigentlich nicht mehr.

Geplagt von den nächsten Stunden, die zweifelsohne auf ihn zukommen werden, realisiert er noch nicht einmal, was genau er zu Mittag isst.

Bis auf eine positive Grundstimmung für die Prüfung geistert Christopher alles Mögliche durch den Kopf. Er verteilt im tiefsten Inneren bereits das Fell des Bären, der noch nicht einmal erlegt ist.

Es ist eine angenehm milde Herbstnacht. Der Sommer ist vorbei, doch es ist gerade noch warm genug, um mit kurzer Hose außer Haus gehen zu können. Zwar muss man eine Jacke sicherheitshalber dabeihaben, aber immerhin kann man, wenn man aus der Stadt hinausfährt, den Sternenhimmel sehen, ohne frieren zu müssen.

Christopher fährt öfters aus der Stadt hinaus. Mit den öffentlichen Verkehrsmitteln ist das auch innerhalb eines überschaubaren Zeitraums möglich.

Er steigt aus und spaziert im Dunkeln den Fluss entlang, welcher sich gleich hinter dem lokalen Bahnhof erstreckt. Keine Häuserschluchten, keine Menschen. Warum hier überhaupt ein Bahnhof steht – das hat sich der geplagte Student schon seit jeher gefragt, als er das erste Mal hier ausgestiegen ist. Es gibt gerade mal zwei Gleise und er hat auch noch nie gesehen, wie jemand eingestiegen ist. Eventuell liegt es daran, dass er immer zu einer unchristlichen Zeit hier auftaucht.

Spaziert man eine Zeit lang an diesem Fluss entlang, so trifft man irgendwann wieder auf die Bahngleise, die auf einer Brücke den Fluss überqueren.

Ein Geh- und Radweg, der direkt neben dem Fluss verläuft, geht unter dieser Brücke hindurch. Von dort aus gibt es auch einen Aufgang, welcher wahrscheinlich für Wartungsarbeiten gedacht ist. Ein ‚Betreten verboten'-Schild ist auf einer Türe, bestehend aus Stahlstreben, angebracht.

Die Türe ist verschlossen, doch Christopher schafft es ohne Probleme, die Barriere zu überwinden. Er springt dafür gekonnt über das Tor und lässt es rasch hinter sich. Er sollte nicht hier oben sein, doch er spaziert unbehelligt weiter und ehe er sich versieht, steht er auf den Zuggleisen. Nach ein paar dutzend Schritten steht Christopher in der Mitte der Brücke. Hier hat ein Mensch absolut nichts verloren, doch gerade diese Gewissheit setzt den Anreiz.

Der junge Mann blickt in den klaren Sternenhimmel. Plötzlich und fast wie selbstverständlich legt sich er sich quer auf das Gleis. Mit dem Genick direkt auf einer Schiene liegt er einfach nur und richtet seinen Blick auf den Sternenhimmel. Es ist wunderschön und in diesem Moment sind alle Probleme vergessen.

Ein Zug rollt aus der Ferne an. Doch das ist Nebensache, denn der Raum, in den sich die Sterne erstrecken, ist unendlich groß. Ob es Außerirdische gibt? Der Zug ist mittlerweile so nahe, dass die Scheinwerfer so stark auf das Gesicht strahlen, dass man keine Sicht mehr auf die Sterne haben kann.

Die gepeinigte Seele schließt die Augen und die Welt wird nun eine Bessere. Bestimmt.

Die Realität ist wieder eingekehrt. Christopher sitzt nach wie vor an einem Tisch in seiner Mensa und blickt auf einen leeren Teller. Er hat während seiner kleinen Phantasterei alles aufgegessen und kramt panisch sein Mobiltelefon hervor.

Da er keine Ahnung hat, wie lange er hier sitzt, will er sich schnell vergewissern, wie spät es ist.

Gott sei Dank ist noch alles im Lot und so begibt er sich in Richtung des Hörsaals, wo die Prüfung abgenommen werden soll.

Nach einem kurzen Fußmarsch gelangt der Prüfling auch schon in den Hörsaal. Einige Leidensgenossen sind bereits ebenfalls eingetroffen und sitzen auch schon auf ihren präferierten Plätzen.

Christopher ist diese Universität mit ihren Hörsälen völlig unbekannt, doch irgendwie sehen sie doch alle gleich aus. Er setzt sich in Bewegung, um einen Sitzplatz zu ergattern. Vierte Reihe, erster Platz. Das soll die Position sein, an welcher sich das Blatt zum Guten wenden wird, indem eine gute Prüfung abgelegt wird.

Die nötigen Utensilien werden hervorgekramt. Stifte, Wasserflasche, leeres Papier und der Studentenausweis, mehr ist nicht erlaubt.

Den Stoff abermals durchzugehen, hat wenig Sinn. So versucht er einfach nur bei Sinnen zu bleiben und starrt die Uhr an der Wand an.

Der Hörsaal füllt sich mehr und mehr. Nun ist es nur mehr eine Frage von Minuten, bis der Spießrutenlauf beginnt.

Die Studenten kennen sich und quatschen, um ihrer Nervosität Herr zu werden. Plötzlich geht lautstark eine Türe auf und auf einmal verstummt das Tuscheln, welches immer lauter geworden war.

Christopher sitzt am Rand des Hörsaals, doch die Türe geht genau an der entgegengesetzten Seite des Hörsaales auf und so kann er nur schwer erkennen, wer eintritt. Er hat keine Ahnung, wer der Professor sein wird, der über sein Schicksal mitbestimmen wird.

Wenn der Professor die Arbeitsbögen auf den Tisch vor der Tafel ablegen möchte, muss er ohnehin näherkommen und dann weiß Christopher, mit wem er es zu tun hat.

Der Professor legt seine Ausdrucke und einen Koffer, den er dabeihat, nieder und nun erkennt Christopher auch die äußere Erscheinung: wie ein wahr gewordenes Klischee. Graue Haar, grauer Bart und Brille.

Nach dem Ablegen der Papierstöße, die höchstwahrscheinlich die Prüfungen enthalten, setzt sich der Professor wieder schnurstracks in Bewegung und geht in Richtung der anderen Türe. Wahrscheinlich wird er auch dort wieder rausgehen. Es ist ja noch genügend Zeit. Doch gerade als er den Türknauf betätigen will, um den Saal zu verlassen, biegt er ab und geht die Stufen hinauf, welche zu den höhergelegenen Hörsaalplätzen führen. Als hätte er kein anderes Ziel gehabt, steuert er geradewegs auf Christopher zu.

Das zum realen Menschen gewordene Klischee eines Professors bleibt tatsächlich vor Christopher stehen und stellt sich eine Reihe vor ihm hin, sodass sich Christopher, sitzend, und der Professor, stehend, in die Augen schauen können.

Christopher hebt den Kopf leicht an und erwidert den Blick des Professors, der ihn lange anstarrt.

Gerade als sich der Prüfling Gedanken darüber macht, was wohl der Grund für diese Prozedur sei, richtet der Professor das Wort an ihn:

„Natze!!"

Christopher fällt aus allen Wolken. Hat er gerade Natze gehört? Er hat diesen Menschen noch nie gesehen! Woher kennt der seinen Namen? Genau genommen: Woher kennt der Professor den Spitznamen, den ihm ein ehemaliger Fußballtrainer ihm verpasst hat? Besagter Trainer kennt garantiert keinen Professor, den er darüber hätte unterrichten können, welchen Namen er wem verpasst, und einen Hörsaal hat dieser Trainer sicherlich auch noch nie von innen gesehen.

Die übrigen Studenten haben schon längst den Blick auf das Duo gerichtet, ohne dass bereits großartig Worte gefallen wären. Als Christopher die durchlöchernden Blicke spürt, legt der Professor auch schon nach:

„Natze! Alles klar bei dir?"

Dieses Mal hat der Professor sogar die Hand vor sich ausgestreckt und will offenbar mit Christopher einklatschen. Der junge Mann versteht ohnehin nicht mehr, was gerade los ist, und kommt dem Angebot nach und schlägt ein.

Der Professor dreht sich wieder um und geht wieder in Richtung seiner deponierten Prüfungsunterlagen, wo er kurz innehält und um die Aufmerksamkeit der Studenten bittet:

„So, jetzt ist bitte mal Ruhe hier! Bevor wir anfangen, werden wir noch die Leute etwas gleichmäßiger verteilen. Wir wollen doch nicht, dass jemand in Versuchung kommt, anstatt seines hart erarbeiteten Wissens, versehentlich die falsche Antwort vom Nachbarn abzuschreiben!"

Der Professor unterbricht, da er mit Gelächter rechnet, und dieses bricht auch aus. Die Stimmung ist nun etwas lockerer und der Prüfer setzt auch gleich sein Anliegen fort:

„Bewegung bitte, meine Herrschaften! Jeder Studierende lässt genau drei Plätze neben sich und zwei Reihen vor und hinter sich frei! Wir fangen nicht an, bis diese Konstellation erreicht ist!"

Die Masse setzt sich auch schon in Bewegung und versucht den Vorstellungen ihres Prüfers gerecht zu werden.

Christopher sitzt schon richtig und so kommt es, dass sich die Hektik nach kürzester Zeit auch wieder gelegt hat.

Da nun die gewünschte Sitzordnung erreicht ist, beginnt der Professor mit dem Verteilen der Prüfungsunterlagen.

Jeder Student hat nun einen verdeckten Stapel Papier vor sich liegen und blickt in Richtung jenes Tisches, wo der Professor sich anlehnt.

„Sie können nun beginnen! Bei der Abgabe bitte den Studierendenausweis mitnehmen! Viel Erfolg!", ertönt es und nun ist jeder für sich.

Christopher wendet die Blätter, die vor ihm liegen, und beginnt auch gleicht damit, die Aufgaben durchzulesen.

Das hätte der Wendepunkt sein sollen, doch Christopher soll sich geirrt haben. Alles ist vertraut, doch er kann sich einfach keinen Reim darauf machen. Ihm kommt dieses eine Beispiel sogar aus einem Lehrbuch bekannt vor, doch irgendwie ist er wieder blockiert und wird wieder in seine Welt abtauchen.

Christopher sitzt mit seinem Klapprechner in der Mensa und sieht auf den Bildschirm. Die Prüfung ist nun drei Wochen her und er kann das Ergebnis im Netz der Universität einsehen. Er wartet nicht lange und öffnet die Seite, die ihm die Botschaft vermitteln soll.

Irgendwie traut er sich nicht hinzusehen. Er möchte den Prozess hinauszögern und sucht nach seinem Mobiltelefon in seiner Laptop. Doch anstatt seines Telefons findet er etwas anderes.

Eine Waffe? Christopher hat tatsächlich eine Kurzfeuerwaffe in seiner Hand. Sein Puls rast. Wie ist er an das Teil nur herangekommen? Warum ist so etwas in seiner Tasche?

Er lässt sie einfach in der Tasche liegen und blickt auf das Ergebnis.

Wieder durchgefallen.

Christopher bemerkt gar nicht, dass er komplett alleine in der Mensa sitzt. Erst als wie aus dem Nichts eine Studentin auftaucht und neben ihm Platz nimmt, wird es ihm klar.

Er fängt an, lautstark zu lachen. Nicht amüsiert, sondern eher beängstigend. Der Studentin neben ihm ist das Ganze unangenehm und so sieht sie skeptisch und fast schon furchtsam zu Christopher herüber, der den Eindruck macht, als wäre er aus dem Irrenhaus entflohen.

Plötzlich hört das Gelächter auf. Christopher klappt seinen Rechner mit voller Wucht zu, so dass ein Knall zu hören zu ist. Er greift sich den Rechner und schmettert ihn mit voller Wucht in das Gesicht seiner Sitznachbarin.

Sie schreit auf vor Schmerz. „Warum machst du das?", sieht man ihre schmerzverdrehten Augen flehen, ohne dass sie dafür den Mund aufmachen müsste. Doch Christopher schlägt noch einmal zu. Er packt sie am Hals und schleudert sie vom Stuhl auf den Boden. Damit nicht genug tritt er mit seinem Fuß auf das Gesicht des Mädchens ein. Als sie vor Schmerzen nicht mehr schreit, sondern nur mehr wimmert, packt er seinen zusammengeklappten Rechner, öffnet den Mund der jungen Frau und quetscht den Rechner quer in ihren Mund. Der Rechner passt nicht rein und so muss er ihn mit den Händen festhalten, damit er zwischen ihrem Ober- und Unterkiefer bleibt.

Sie will verbal protestieren oder um Hilfe schreien. Man weiß es nicht, denn jeder Laut verhallt am Computer, der in ihren Mund reingequetscht ist. Sie schmeckt eine Mischung aus Plastik und Blut.

Christopher tritt mit voller Kraft auf den Rechner und spaltet der Dame damit fast den Schädel. Das Winseln ist verstummt und der junge Mann kramt die Waffe aus seiner Tasche hervor.

Er feuert noch mehrmals auf den Kopf der Frau, die nicht mehr als solche erkennbar ist und richtet schließlich die Waffe auf sich selbst. Er bricht wieder in Gelächter aus.

Der Inhalt der Prüfungsangaben ist noch immer nicht entschlüsselt. Die Buchstaben verschwimmen wieder zu Hieroglyphen. Gerade als alle Hoffnung verloren scheint, taucht der Professor wieder auf. Er steht direkt vor Christopher und richtet das Wort an ihn:

„Natze! Alles im Griff? Gibt's Unklarheiten! Brauchst du Hilfe?"

Die Blicke der anderen werden wieder spürbar. Doch was soll's? Zu verlieren hat er nichts, also ringt er sich ein „Ja, brauche ich!" ab.

Der Professor geht zielstrebig zu seinem Koffer und holt ein Buch hervor.

Mit dem Buch in der Hand geht er wieder zurück zu Christopher und legt es ihm auf den Tisch.

„Natze! Du weißt ja wohl: Ich habe die Beispiele aus diesem Buch übernommen. Schau mal rein und gib es mir nach der Prüfung zurück!", erklärt der Professor, als er seine Finger vom Buch nimmt.

Noch mehr als die übrigen Studenten im Hörsaal ist es Christopher, der verwundert ist. Ist das gerade wirklich passiert?

Er kann die Zeit jetzt nicht damit verschwenden, sich den Blicken der anderen zu widmen. Deswegen öffnet er das Buch und findet auch sofort die richtige Seite, um die erste Aufgabe komplett zu lösen.

Er beginnt sofort zu schreiben. Er ist der Einzige, der nun die Feder schwingt, denn die übrigen Prüflinge blicken nur mehr verdutzt drein. Egal, das ist seine Chance.

Als Christopher die erste Aufgabe halb gelöst hat, meldet sich ein Kommilitone aus der ersten Reihe zu Wort:

„Herr Professor! Ich brauche auch Hilfe!"

„Was brauchen Sie!", fragt der Professor den Studenten.

„Ich würde auch gerne eine Hilfe in Anspruch nehmen!", entgegnet dieser.

Schweigend hat die Menge ihre Blicke auf den Professor gerichtet und wartet ab, da dieser nun ebenfalls lautlos vor dem Studenten steht. Doch er bricht sein kurzes Schweigen:

„Aber natürlich werde ich Ihnen helfen! Ist ja kein Problem!"

Der Prüfling aus der ersten Reihe freut sich sichtlich, als der Professor seinen Koffer durchsucht.

Plötzlich meldet sich ein weiterer Student. Diesmal aus der Reihe direkt vor Christopher:

„Ich brauche auch Hilfe!"

Der Professor vernimmt die Bitte, noch während er kramt:

„Einen Moment! Sie sind als Nächster dran!"

Der Professor verschließt den Koffer, ohne etwas hervorgeholt zu haben und tritt wieder vor den hilfesuchenden Studenten aus der ersten Reihe.

Dieser blickt erwartungsvoll auf den Professor, der sich vor ihm aufgebaut hat.

Doch auf einmal packt der Professor den Studenten am Kragen und reißt ihn über die Ablage der ersten Reihe zu sich herüber und wirft ihn auf den Boden.

Die versammelte Studentenschaft ist so ruhig, dass man die panischen Herzschläge hören kann. Unter Hilfe haben sicher alle etwas anderes verstanden.

Der Student liegt am Boden und kriecht verängstigt vom Professor weg mit den Worten:

„Was ist bloß in Sie gefahren?!"

Doch der Professor legt jetzt erst richtig los. Er donnert dem armen Jungen mit voller Wucht seine Faust ins Gesicht, sodass sich erste Blutspritzer auf dem Boden verteilen.

Der Student fängt an zu weinen und Blut zu spucken, während der Hörsaal inzwischen zum Publikum verkommen ist und keine Hilfe leistet.

Damit nicht genug lockert der Professor nun auch noch seine Krawatte und macht den obersten Hemdknopf auf. Das heißt wohl: Er legt erst los.

Der vorher noch so fröhliche Student, der sich gewiss war, dass er auch ein Lehrbuch bekommen wird, liegt nun am Boden und weint.

Der Professor nähert sich dem Jungen mit hastigen Schritten und verpasst ihm nochmals einen Haken, während der Student verzweifelt zu ihm aufsieht. Der rabiat gewordene Prüfer ist nun über dem Prüfling und drück ihm mit einer Hand die Kehle zu, während er, mit der anderen Hand zur Faust geballt, auf das Gesicht des armen Delinquenten eindrischt.

Verzweifelt schreit der gepeinigte Student vor Schmerz um Hilfe. Doch die kommt nicht. Wie angewurzelt starren alle gebannt auf das Schauspiel, dass sich vor ihnen auftut.

Die Nase ist mindestens gebrochen, denn es rinnt ordentlich Blut daraus hervor.

„Bitte!", fleht der Junge den Professor an. „Bitte lassen Sie mich!" Doch diese Worte scheinen den Professor nur noch mehr in Rage zu versetzen.

Er steht auf und lässt von der Kehle des Jungen ab. Dieser ist nun im Wettstreit damit, ob er atmen oder schreien soll. Er ringt nach Luft und spuckt dabei Blut.

Der Professor packt ihn nun mit beiden Armen am Hinterkopf und wuchtet dem Gepeinigten, der noch am Boden liegt, sein Knie ins Gesicht.

Ein greller Aufschrei des Studenten verhallt in den Räumlichkeiten und das Blut rinnt nun wie aus Eimern. Die Nase ist zertrümmert und ein Notarzt müsste her.

Der Professor steigt nun über den Jungen, der vor Schmerzen schreit und weint, und schlendert nach diesem abscheulichen Aussetzer zum Waschbecken, welches hauptsächlich für das Reinigen der Tafel verwendet wird.

Er gibt den Pfropfen rein und dreht das Wasser auf. Das Wasser sammelt sich nun nach und nach in dem Becken und während dieses Vorganges geht der Prof wieder zurück zu seinem Studenten.

Dieser liegt zusammengerollt in einer embryonalen Stellung und weint noch immer fürchterlich.

Am halben Wege nimmt der Professor Anlauf und tritt mit voller Kraft in die Magengrube des ohnehin schon genug Leidenden.

Vor Schmerzen winselnd rollt sich der Student auf den Bauch und hofft, dass die Tortur vorbei ist.

Doch der Professor entledigt sich nun seiner Krawatte komplett und sorgt mit einem Tritt dafür, dass der Junge auf dem Bauch liegen bleibt. Er nimmt die Hände des Verprügelten und fesselt sie auf seinem Rücken. Es kommt auch keine Gegenwehr mehr.

Der Hörsaal ist stumm wie eh und je. Niemand hat bis jetzt eingegriffen. Christopher hat das Ganze noch keines Blickes gewürdigt. Er schreibt nach wie vor unbehelligt an seiner Prüfung und macht auch dank des Buches große Fortschritte – das könnte der Wendepunkt werden.

Während Christopher in seine Zettel vertieft ist und auch die Schreie nicht vernimmt, packt der Professor den nun Gefesselten am Hals und reißt ihn hoch. Die zertrümmerte Nase hat am Boden bereits eine Blutlache zu verantworten.

Der Professor zerrt ihn nun neben sich her und das Bluten markiert den zurückgelegten Weg.

„Was soll das?! Wo bringen Sie mich hin?! HILFE!!", brüllt der Student aus voller Verzweiflung, doch die Hilfe bleibt abermals aus.

Jetzt wird es auch den übrigen Prüflingen klar. Der Professor zerrt sein Opfer zum Waschbecken, das mittlerweile überläuft.

Als das auch der Misshandelte realisiert, fängt er wieder an zu brüllen und zu schluchzen:

„NEIN! Bitte! HILFE!"

Er zappelt wie ein Fisch im Netz, doch es gibt kein Entrinnen. Einerseits ist er zu sehr verletzt und andererseits gefesselt.

Der Professor taucht den Kopf des Opfers seines Gewaltausbruches in das bis an den Rand mit Wasser gefüllte Waschbecken.

Das Blut vermischt sich mit Wasser zu einer hellroten Plörre im Waschbecken.

Mit voller Kraft drückt der Professor den Kopf seines Delinquenten, welcher wie wild um sich schlägt, unter das Wasser. Das Um-sich-schlagen verwandelt sich schlagartig in zitternde Bewegungen und nach einer Weile bewegt sich überhaupt nichts mehr.

Der Professor lässt vom Kopf, den er unters Wasser gedrückt hatte, ab und ein regungsloser Körper fällt zu Boden.

„So! Wer wollte noch Hilfe?!", fragt der Professor in die Menge.

Aus Furcht vor dem bis jetzt Dargebotenen hofft der Student, der vorher noch voller Zuversicht um Hilfe gebeten hat, dass der Professor nicht mehr weiß, wer das war.

Der Professor wiederholt die Frage und lässt seinen Blick durch den Hörsaal schweifen:

„Wollte noch jemand etwas?"

Christopher vernimmt die Worte. Er hat sich auch gemerkt, wer das war. Seine Prüfung verläuft einwandfrei und so will er auch anderen den Erfolg gönnen. Er zeigt auf den Studenten, der sich vorher noch gemeldet hatte, und schreibt auch gleich wieder an seiner Prüfung weiter. Er realisiert gar nicht, dass er wahrscheinlich ein Todesurteil ausgestellt hat.

„Ah! Ich erinnere mich. Wissen Sie was? Für Sie habe ich natürlich auch was!", lässt der Professor den Studenten wissen, der wie angewurzelt auf seinem Platz sitzt, obwohl er wegrennen sollte.

Der Professor öffnet wieder seinen Koffer und holt etwas hervor.

Bis auf Christopher schreibt keiner mehr an seiner Prüfung. Die Studierenden sind von den Ereignissen in eine Art Trance versetzt. So reagiert auch niemand, als sich das hervorgeholte Objekt des Professors als Schrotflinte entpuppt.

Der Professor lädt durch, schießt dem anderen um Hilfe bittenden Studenten in den Kopf, geht in Richtung Ausgang und legt die Schusswaffe in den Schirmständer.

Blut und Hirnmasse hat sich in einem beachtlichen Radius verteilt. Auch Christopher bekommt ein paar Tropfen auf seine Zettel und schaut verwundert um sich. Er verfolgt die Blutspur mit seinen Augen, bis sein Blick den des Professors trifft.

„Verstehen Sie nun, warum ich immer zwei respektive drei Plätze frei haben will?", legt der Professor Christopher klar.

Die erste Studentin fasst Mut und rennt in Richtung Ausgang.

„Sie wissen schon, dass Sie damit einen Antritt verwirken?", ruft der Professor dem Mädchen nach, doch dieses ist einfach nur froh, aus dieser Hölle zu entfliehen.

Als die anderen sehen, dass ihre Kommilitonin heil aus dem Hörsaal gekommen ist, rennen alle Studenten raus.

Christopher bleibt noch unbeirrt sitzen und schreibt seine Prüfung fertig. Er hat ein gutes Gefühl und ist bereit, seine Prüfung abzugeben.

Er schreibt noch seinen Namen und seine Matrikelnummer darauf und geht in Richtung des Professors, der nach seiner Blutorgie auf dem Tisch Platz genommen hat und darauf wartet, bis die Prüfungsunterlagen abgegeben werden.

Christopher drückt dem Professor seine Arbeit in die Hand und fragt:

„Wie lange werden Sie brauchen, bis die Ergebnisse online sind?"

„Maximal ein paar Stunden", antwortet der Professor.

Christopher spaziert aus dem Hörsaal und steigt über die Leiche des Ertränkten, die im Weg ist. Was kümmert es ihn? Er ist erfreut, dass es mit den Prüfungsergebnissen so schnell gehen wird, und er glaubt, dass er seiner Familie auch gleich die frohe Botschaft übermitteln kann. Doch gerade, als er den Hörsaal verlässt, läuft er in die Arme von Polizeibeamten, die ihn sofort mitnehmen.

Die Polizei ist scheinbar eingeschaltet worden im Rahmen dieses Amoklaufes und hat die Universität evakuiert und den Hörsaal umstellt.

„Du bist die letzte Geisel! Wir brauchen nur deine Zeugenaussage und dann kannst du auch schon gehen", teilt ein Polizeibeamter Christopher mit und bittet ihn, sofort mit aufs Revier zu kommen.

Im Polizeirevier ist Christopher in einem Verhörzimmer zunächst allein untergebracht. Für die Polizei ist das Ganze nichts Alltägliches und so muss jeder Zeuge warten, bis er vernommen wird.

Christopher macht sich nichts daraus und freut sich einfach nur, die Prüfung überstanden zu haben.

Die blutigen Ereignisse scheinen ihn überhaupt nicht zu beschäftigen.

Plötzlich bewegt sich der Türknauf des Verhörraums. Ein Polizist tritt ein und nimmt gegenüber Platz.

„Christopher Natzweiler?", liest der Polizist aus einer Akte ab, um die Formalitäten einzuhalten.

„Ja", antwortet Christopher und ist gespannt, was er beitragen soll.

„Sie sind durchgefallen!"